BLAUORT-SAND
TERTIUS SAND
Steert

ro
ro
ro

Für Kaka,
die mich in ihrem Garten erleben ließ,
wie bunt die Welt ist

SANDRA LÜPKES

INSELWEIHNACHTEN

Eine Geschichte von der Liebe

illustriert von Ole West

ROWOHLT TASCHENBUCH VERLAG

Originalausgabe
Veröffentlicht im Rowohlt Taschenbuch Verlag,
Reinbek bei Hamburg, Oktober 2011

Umschlaggestaltung any.way, Cathrin Günther
(Umschlagabbildung: Ole West)
Satz aus der Swift, PostScript, InDesign, bei
Pinkuin Satz und Datentechnik, Berlin
Druck und Bindung CPI – Clausen & Bosse, Leck
Printed in Germany
ISBN 978 3 499 25722 3

Wie lange bleiben Sie drüben auf der Insel?», fragte der Mann im blauen Overall und hielt seinen Quittungsblock vor den dicken Bauch. Der Wind griff ihm zwischen die dünnen Blätter, und ein paar Regentropfen ließen die Kugelschreiberschrift verlaufen. Der Junge neben ihm musterte die Besucherin neugierig.

«Ich hab keine Ahnung», musste Finja zugeben.

«Ab dem 28. 12. wird es hier proppevoll, die Garagen sind dann alle reserviert. Wenn Sie also bis ins neue Jahr bleiben, kann ich Ihnen nur einen Außenstellplatz anbieten.» Der Blick, den er nun auf Finjas BMW-Flitzer warf, sprach Bände. Er war es wahrscheinlich gewohnt, dass Besitzer solcher Wagen besonderen Wert auf eine Fünf-Sterne-Unterkunft für ihren fahrbaren Untersatz legten, mit Heizung womöglich und Ferrari-Postern an den Wänden.

«Nicht so schlimm», fand Finja. Dann folgte sie dem blonden Jungen, der auf einem Fahrrad voranfuhr und ihr eine etwas matschige Parklücke am Ende des Grundstückes zuwies. Es blieb nicht mehr viel Zeit, in zwanzig Minuten ging die Fähre, und der Weg von den Garagen zum Anleger führte ein ganzes Stück den Deich entlang. Finja schnappte ihren Rollkoffer und die Handtasche, schloss den Wagen ab und kehrte dem Auto den Rücken zu.

Sie stieg den grünen Wall hinauf, auf dessen anderer Seite aufgewühlte, graubraune Gischt an den Grassoden leckte. Es waren nur wenige Menschen am Hafen unterwegs. Die meisten sahen wie Einheimische aus, obwohl Finja sich nicht ganz sicher war, ob man das wirklich an Äußerlichkeiten erkennen konnte. Ein Insulaner hatte ihr mal erzählt, die Touristen unterschieden sich darin, dass sie wetterfeste Anoraks in Marinefarben und Wollmützen trügen, um nicht als Urlauber entlarvt zu werden. Die Tarnung würde aber spätestens dann auffliegen, wenn sie laut «Moin,

moin!» riefen. Das sagte an der Küste nämlich eigentlich niemand. Hier war man nicht so redselig und beließ es bei einem einzelnen herausgepressten «Moin» – wenn überhaupt.

«Warten Sie», hörte sie plötzlich eine Kinderstimme hinter sich. Der Junge mit dem Fahrrad hatte ihre Verfolgung aufgenommen. Schwer musste er gegen den Wind antreten, eine Böe wehte ihn fast vom schmalen Kamm des Deiches. Angestrengt atmend blieb er schließlich vor Finja stehen. «Mein Vater schickt mich. Sie haben Ihr Handy im Wagen liegenlassen!»

So? Hatte sie das? «Ist der Parkplatz bewacht?»

«Klar», nickte der Junge. «Mein Vater und ich drehen alle zwei Stunden eine Runde. Dann haben wir noch Videokameras, Alarmanlagen und vor allen Dingen Käpt'n Blaubär!»

«Käpt'n Blaubär?»

«Unsere Dogge. Die ist nachts zwischen den Wagen unterwegs. Da traut sich keiner übern Zaun.» Er sah ein bisschen stolz aus. «Was ist jetzt? Sie können mir auch Ihre Wagenschlüssel geben, dann hole ich das Ding raus und bringe es Ihnen. Mit dem Rad bin ich schneller.»

Finja überlegte. Brauchte sie ihr Handy überhaupt? Hatte sie es vielleicht sogar in unbewusster Absicht auf der Mittelkonsole liegenlassen? Weil Marcus bislang nicht angerufen hatte. Seit vier Stunden lag zu Hause dieser Zettel auf dem Küchentisch. Wenn er gewollt hätte, dass sie bleibt, hätte das Handy längst geklingelt.

Aber womöglich war ihm bislang noch nicht einmal aufgefallen, dass sich seine Frau aus dem Staub gemacht hatte. Einen Tag vor Heiligabend.

Mist, es wäre so einfach gewesen, wenn sie sich hätte rausreden können. Hektik am Hafen, Handy vergessen, keine Zeit, es zu holen. Dank des blonden Jungen hier musste sie sich nun eingestehen, dass es anders war.

«Ist schon okay. Auf der Insel hat man doch sowieso einen miesen Empfang.» Finja holte ihr Portemonnaie heraus und drückte dem Jungen zwei Euro in die Hand. «Dafür, dass du bei diesem Schmuddelwetter hinter mir hergeradelt bist.»

Die Münze war schnell in der Hosentasche verschwunden. Mit dem Wind im Rücken fuhr der Junge davon.

Finja marschierte weiter Richtung Fähre. Kein Handy, kein Laptop, keine Termine, so lief es sich ausgesprochen leicht. Ein zerrupfter Tannenbaum, behängt mit kahlen Glühbirnen, tanzte windschief am Molenkopf. Dahinter lag das kleine weiße Schiff in der Nordsee. Ein Mitarbeiter der Reederei, der es wohl gut mit den Reisenden meinte, beschallte den Hafen mit einer scheppernden Version von *Last Christmas*. Wirklich weihnachtlich stimmte das nicht. Dazu fehlte der Schnee, dazu fehlte die Ruhe, und – ja, leider – dazu fehlte vor allem Marcus. Der Regen machte Finja nichts aus, im Gegenteil, mit seiner Hilfe konnten sich die Tränen auf dem Gesicht wenigstens tarnen.

Villa Seemannsbraut hieß Finjas Quartier. Es war ein geducktes Backsteinhäuschen mit Holzveranda davor, eigentlich keine echte Villa, aber sehr einladend. Das Apartment befand sich im ersten Stock, und es gab in den zwei Zimmerchen mit Kochecke und Bad keinen Winkel, in dem nicht mindestens ein Leuchtturm zu sehen war. Die Topflappen, die Garderobenhaken, die Bettwäsche, sogar das Toilettenpapier war mit einem rot-weißen Leuchtturm bedruckt.

«Schön hier», lobte Finja, denn Herr Dierksen hatte ihr den schweren Koffer nach oben getragen und dabei mehrfach erwähnt, dass seine Frau und er erst im November alles renoviert hätten. Und zwar mit der eigenen Hände Arbeit. Er sei ein geschickter Handwerker und seine Frau eine tolle Innenarchitektin. Und Finja käme nun als Erste in den Genuss der neu gestalteten Räume.

«Und Sie wollen Weihnachten wirklich ganz allein feiern?», fragte er, als er ihr die Schlüssel überreichte.

«Ich hatte in den letzten Wochen viel um die Ohren und freue mich auf ein paar ruhige Tage», erklärte Finja. Sie hoffte nur, er würde jetzt nicht auf die Idee kommen, sie aus Mitleid zu sich und seiner Frau einzuladen, obwohl es sie schon interessiert hätte, ob es bei den Dierksens auch Christbaumkugeln mit Leuchtturmmotiv gab.

«Das Großstadtleben ist bestimmt stressig», vermutete ihr Vermieter. «Was machen Sie denn beruflich, wenn ich fragen darf?»

«Ich bin Journalistin.»

«Eine rasende Reporterin!»

«Kennen Sie die *Barbara*?»

Dierksen nickte beeindruckt. «Die liest meine Frau immer. Daher hat sie auch die tollen Dekoideen für unser Haus.»

f.gr.Sd.Sk.
f.gr.Sd.
Fkl.unt.
Blauortsand-Rinne
Dove
f.gr.Sd.M.gr.Sk.
f.gr.Sd.M.
N/A
N/2
N/3
N/4
N/5
N/B
f.Sd.Sk.
BL/A
BL/B

Finja nahm sich vor, mit der Kollegin der Wohnseiten mal ein ernstes Wörtchen zu reden.

«Falls Ihnen doch langweilig wird: Morgen an Heiligabend spielt der Musikverein im Kurpark, danach geht's in die Inselkirche, alle Jahre wieder sozusagen. Und das Museum ist auch gleich nebenan im Pfarrhaus. Falls Sie sich als Zeitungsfrau mehr für solche geschichtlichen Dinge interessieren. Da ist eigentlich immer geöffnet, wenn nicht, klingeln Sie nebenan einfach bei der Pastorin. Die hat den Schlüssel.»

«Vielen Dank für die Tipps», sagte Finja brav.

«Und einkaufen müssen Sie heute bis achtzehn Uhr. Danach ist alles dicht, und ich glaube nicht, dass morgen noch jemand seinen Laden aufschließt. Lohnt sich nicht bei den paar Leuten.» Er grinste schief. «Wir sind hier eben nicht in Ihrer Großstadt.»

«Zum Glück nicht.»

Genau diese Worte hatte Dierksen wohl hören wollen, zufrieden nickte er Finja zu und verabschiedete sich. Seine schweren Schritte ließen die Holztreppe knarren.

Finja schaute sich um. Es gab einen Radiowecker und einen kleinen Fernsehapparat, das war es an Kommunikationstechnik.

Ein ziemlich dünner Draht zur Außenwelt, dachte sie.

Draußen drückte der Wind geräuschvoll gegen ihr Fenster, als wolle er sie mit aller Gewalt zu einem Spaziergang einladen. Doch ein Blick auf die Uhr verriet ihr, dass sie erst zum kleinen Supermarkt um die Ecke eilen musste, wenn sie über die Feiertage nicht verhungern wollte. Auf dem Weg vom Inselhafen hierher hatte sie bei fast allen Restaurants dasselbe Schild hängen sehen: *«Betriebspause. Wir sind am 28.12. wieder für Sie da. Frohes Fest!»* Erst hatte sie sich darüber geärgert, schließlich war sie Gast hier, und da konnte man doch erwarten, dass ... Aber dann war ihr klargeworden, dass sie nur dachte, was Marcus in einer solchen Situation ausgesprochen hätte, und es sie selbst –

wenn sie ehrlich war – nicht im Geringsten störte, mal ein paar Tage lang keine Speisekarten studieren zu müssen. Wann hatte sie sich eigentlich das letzte Mal eine Tiefkühlpizza in den Ofen geschoben?

Üppig fiel das Angebot im *Lüttje Leckerlädchen* nicht gerade aus.

«Wir haben heute keine Ware mehr vom Festland bekommen», erklärte die Frau hinter der trostlosen Frischetheke knapp. Also entschied Finja sich tatsächlich für Pizza Tonno im Karton. Zudem kaufte sie das vorletzte Stück Camembert, eine Flasche Rotwein, Milch, Salzbutter, Äpfel und Knäckebrot. Teebeutel und Zucker hatte sie in der Ferienwohnungsküche stehen sehen. Und mehr brauchte sie nicht. Als die paar Sachen auf dem Laufband lagen, stimmte ihre Auswahl sie ausgesprochen zufrieden. Keine Pastetchen, Pralinchen, Proseccofläschchen.

Nur Dinge, auf die sie wirklich Lust hatte.

Soeben war eine ältere Frau durch die Ladentür geschlüpft, bevor die Verkäuferin den Feierabendschlüssel umdrehen konnte.

«Janette, noch auf den letzten Drücker durch den Sturm?», wurde sie von der Kassiererin begrüßt.

Die Frau in der regennassen Wachsjacke war klein, hatte blondes Lockenhaar wie eine Zwanzigjährige. Die unzähligen Fältchen in ihrem Gesicht verrieten jedoch, dass sie weit mehr als dreimal so alt sein musste.

«Tut mir leid, ich hab nur vergessen, noch ein bisschen Gebäck zu besorgen.» Zielsicher griff sie nach einer Packung Butterkekse. An ihren Fingern klebte bunte Farbe wie nach einer kreativen Bastelstunde. «Ich kriege doch Besuch über Weihnachten.»

Finja fing einen Blick zwischen Kassiererin und Verkäuferin

auf, der offensichtlich machte, dass die beiden ihre Kundin für sonderbar hielten. Finja ließ der Dame den Vortritt, schließlich galt es bei ihr nur die Kekse in die Kasse zu tippen. «Damit Ihr Besuch nicht warten muss ...»

Die Höflichkeit brachte Finja ein freundliches Dankeschön ein, dann war die Kundin schon wieder eilig aus dem Laden verschwunden.

«Den Besuch will ich sehen ...», tuschelte die Verkäuferin. «Die wird ihre Butterkekse schön alleine knabbern.»

Dann wurde Finjas Einkauf kassiert. Sie packte gerade die Lebensmittel in den Stoffsack, als die Kassiererin noch ein flaches, längliches Päckchen dazulegte. «Frohe Weihnachten! Sie sind unsere letzte Kundin vor dem Fest, also haben wir eine kleine Überraschung für Sie bereitgelegt.»

Fast tat es Finja leid, dass sie durch ihre gute Erziehung nun die alte Dame um ein Weihnachtsgeschenk gebracht hatte. Doch wahrscheinlich steckte in dem mit Rentierschlitten bedruckten Papier ohnehin nur wertloser Werbeschnickschnack.

«Danke und ein schönes Fest!», wünschte Finja und winkte noch einmal, bevor die Ladentür hinter ihr abgeschlossen wurde.

Dann fand sie sich allein auf der Straße wieder. Sie lief über das Steinpflaster, auf dem die Hinterlassenschaften der Pferdefuhrwerke in Pfützen schwammen, sodass ihre Lederstiefel hässliche Sprenkel bekamen.

Hier auf der Insel gab es weder Autos, Ampeln noch Verkehrsschilder. Finja sog die Ruhe in sich auf.

Mittlerweile war es dunkel geworden, und wegen des einsetzenden Regens und der Temperaturen knapp über dem Nullpunkt draußen ziemlich ungemütlich. Es gab auch keine adventliche Beleuchtung wie in der Stadt, wo blinkende Glöckchen und glitzernde Weihnachtsengel die graue Wahrheit des scheußlichen Winters überlagerten. Wenn man hier nicht in sich selbst etwas zum Leuchten brachte, sah es eben finster aus. Aber Finja war wild entschlossen, es auf keinen Fall so weit kommen zu lassen.

Sie hatte sich entschieden, über Weihnachten eine Auszeit zu nehmen. Komme, was wolle. Und wenn diese Auszeit damit anfing, sich pudelnass regnen zu lassen, blieb wenigstens die Hoffnung, dass es später besser würde. Und zwar nicht nur das Wetter.

Angekommen in der *Villa Seemannsbraut*, zog sie ihre schmutzigen Stiefel schon auf der Veranda aus und lief auf Socken die Treppe hinauf. Das fühlte sich gut an, es hatte etwas Anheimelndes.

Die Einkaufstasche stellte sie auf dem Esstisch ab, dann zündete Finja eine Kerze an, suchte im mickrigen Radio einen Klassiksender und setzte sich mit dem Päckchen auf das Sofa. Ihr einziges Geschenk dieses Jahr, abgesehen von der Reise auf die Insel, die sie sich selbst gegönnt hatte. Finja löste den Tesafilmstreifen, faltete das Papier auseinander und fand darin einen kleinen Wandkalender. Natürlich klebte ein Werbebutton vom *Lüttje Leckerlädchen* auf dem Deckblatt. Auch dass von Januar bis Dezember monatlich ein Leuchtturm abgebildet war, überraschte Finja nicht besonders. Sie war hier am Meer, da gehörten Leuchttürme zum Standard. Immerhin waren die Seezeichen geschmackvoll auf alten Seekarten arrangiert, der Künstler war kein Unbekannter.

Die Ausstattung des Kalenders war aber nicht der Grund, warum sie auf einmal einen gewaltigen Kloß im Hals verspürte. Das hatte sie eher den Monaten und Wochen und Tagen zu verdanken, die da so greifbar vor ihr lagen. 365-mal aufstehen und hinlegen, dazwischen Meetings und Termine und Streit mit Marcus, weil sie sich viel zu selten sahen. Finja freute sich überhaupt nicht auf das, was das kommende Jahr für sie bringen würde. Es bereitete ihr zwar keine Angst, machte sie aber auch nicht mehr neugierig.

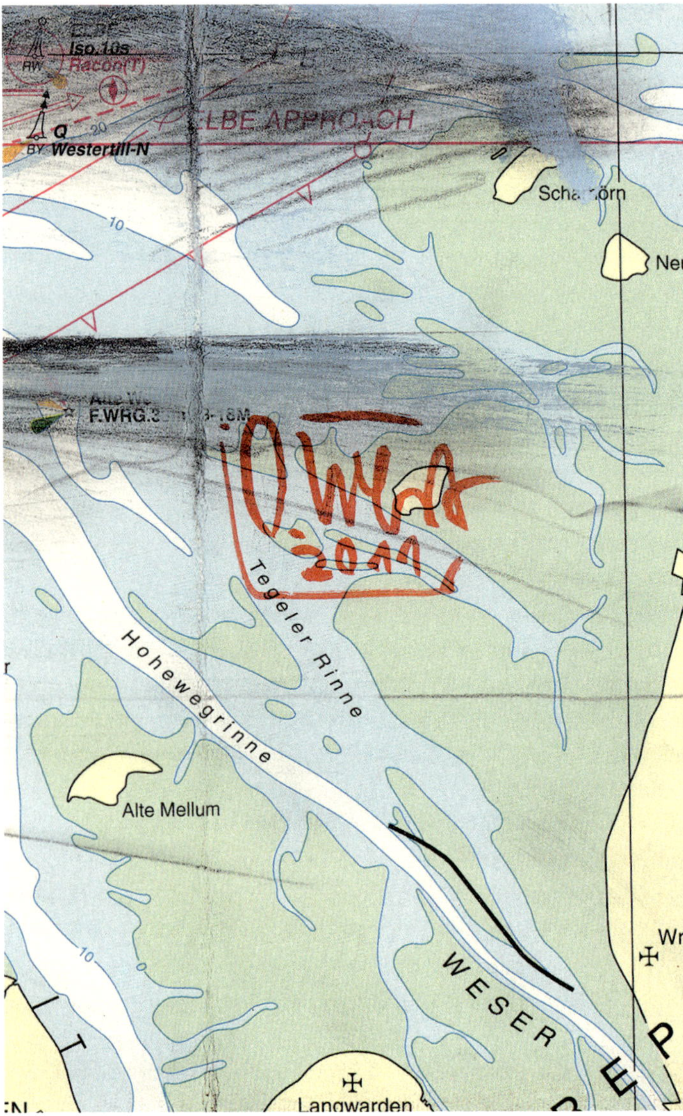
Iso.10s
Racon(T)
Q
Westertill-N
Tegeler Rinne
Hohewegrinne
Alte Mellum
WESER
Langwarden

Musste das so sein, wenn man Mitte dreißig war, seit sechs Jahren verheiratet, seit drei Jahren Redakteurin einer auflagenstarken Frauenzeitschrift? War es normal, am Ende des Jahres vor so einem Kalender zu sitzen und eine tiefe Abneigung gegenüber den kleinen, noch unbeschrifteten Kästchen zu spüren, die sich neben jedem zukünftigen Tag breitmachten?

Der Musikverein besaß viele Fans. Rings um die Pauken, Posaunen und Klarinetten hatte sich allem Anschein nach die gesamte Inselbevölkerung versammelt. Die kleinen Kinder tanzten aus allgemeiner Freude. Ein paar Jugendliche probierten auf ihren Skateboards wilde Sprünge am Rand des Brunnens, der das Zentrum des Kurparks bildete. Pappbecher und Thermoskannen mit Glühwein machten die Runde, und Finja fühlte sich nicht eine Sekunde fehl am Platz.

Sie wusste, wie dieser Ort bei Tageslicht aussah. Im letzten Jahr hatte Finja in der Hochsaison bei Sonnenschein eine Reportage über das Leben auf der Insel geschrieben. Die Insulaner hatten so abschreckende wie verlockende Argumente für das Leben hier geliefert: Das Eiland sei ein Mikrokosmos, jeder kenne jeden, und keiner könne der Insel so einfach entkommen, denn das Meer gebe mit seinen Gezeiten den Takt an, in dem ein Schiff es über das Wattenmeer schaffte. Der Mensch sei der Natur hier vollkommen ausgeliefert, und sie weise ihn in jeder Hinsicht in seine Grenzen.

Komisch, gerade diese letzte Aussage hatte Finja dazu gebracht, sich für ihre spontane Flucht ausgerechnet auf eine Insel zu begeben.

Als sich Kirchenglocken in die Blasmusik mischten, zog die Gemeinde allmählich in das Gotteshaus, das schon nach wenigen

Minuten aus allen Nähten platzte. Doch trotz der Enge hatte der Küster es sich nicht nehmen lassen, im Altarraum einen gewaltigen Weihnachtsbaum aufzustellen. Dann mussten die Menschen ihre Kinder eben auf den Schoß nehmen, Hauptsache, eine Unmenge Strohsterne fanden an der Tanne ihren Platz.

Es mochte Jahre her sein, dass Finja Heiligabend in eine Kirche gegangen war. Stets hatten ein opulentes Menü und das Dekorieren ihrer Wohnung zu viel Zeit gekostet. Zudem konnte sie mit dem Christkind, den Hirten oder der Jungfrau Maria nicht wirklich etwas anfangen. Es wunderte sie selbst, dass die altbekannten Bibelworte von Kaiser Augustus' Gebot, die aus dem Munde der Pastorin im schwarzen Talar wunderbar feierlich klangen, ihr noch immer so vertraut erschienen. Tatsächlich, tief drinnen fühlte sich Finja davon berührt: «... Maria aber behielt alle diese Worte und bewegte sie in ihrem Herzen ...» Dafür hätte Marcus womöglich nur eine spöttische Bemerkung übrig gehabt.

Nach dem «O du fröhliche», das im Stehen gesungen und vom Musikverein, der sich an den Kirchentüren positioniert hatte, begleitet wurde, verlief sich die Festgemeinde in alle Himmelsrichtungen. Langsam wurde es still auf der Insel.

Dies war der Moment, den Finja am meisten gefürchtet hatte: die Einsamkeit an Heiligabend.

Was Marcus jetzt wohl gerade ... Halt, stopp! Genau diesen Gedanken hatte sie sich strengstens verboten. Fast wütend lief Finja los. Wenn sie nur schnell genug war, würden sich solche Grübeleien nicht an ihre Fersen heften.

Der Wind hatte seit dem Nachmittag etwas nachgelassen, und die tiefhängenden Wolken schafften es gerade noch, den angesammelten Regen weiterzutragen. Trotzdem war Finja sicher, dass sich in diesem Moment außer ihr kein Mensch auf den Weg zum Strand machte. Am Weihnachtsabend saß man schließlich mit der Familie in der guten Stube und beschenkte sich, statt in der Dunkelheit verschlungene Dünenwege zu betreten. Doch je weiter sie lief, desto besser fühlte sie sich. Sie hatte es bislang noch nicht an die Strandseite der Insel geschafft, jetzt lag das schwarze Meer vor ihr, und es schien, als sei sie am Ende der Welt angekommen.

Ihr fiel wieder ein, was die Insulaner noch über den Unterschied zwischen Einheimischen und Touristen erzählt hatten: Die Gäste zieht das Fernweh stets an den Strand, wo sie gen Norden auf die Unendlichkeit des Meeres schauen können. Wer aber auf einer Insel lebt, der wird in solchen Momenten eher an der anderen Seite stehen, am Deich oder am Hafen, und sehnsuchtsvoll über das Watt Richtung Festland blicken.

Dann musste die einsame Gestalt, die Finja jetzt in der Nähe des Spülsaumes ausmachen konnte, wohl auch ein Gast sein, dachte sie. Vielleicht jemand wie sie – ein Flüchtling, der dem Druck der Besinnlichkeit entkommen wollte und hier gestrandet war. Eigentlich erkannte sie nicht mehr als eine Silhouette, etwas dunkler als der Sand, etwas heller als das Meer, etwas konkreter als der Himmel darüber. Die Jacke des Fremden wurde von jeder Böe aufgeblasen und ließ die Umrisse variieren. Mal schien dort ein großer, dicker Mann zu stehen, mal eine kleine, schmächtige Frau. Ein Kind oder ein Greis? Finja näherte sich der Erscheinung, auch wenn es durchaus möglich war, dass sie jemanden störte, der hier in der Nähe der Wellen lediglich ein wenig Einsamkeit suchte. Doch was, wenn diese Person aus einem anderen Grund hierhergekommen war? Die Nordsee fraß die Schwermütigen mit einem halben Bissen, hatte Finja einmal gelesen.

«Hallo?», rief sie gegen den Wind. «Kann ich Ihnen helfen?» Ihr Rufen blieb unbemerkt. Die Gestalt – inzwischen war Finja sicher, dass es sich um eine Frau handelte – stand regungslos am Meer, das Gesicht dem Horizont zugewandt, als würde sie auf etwas warten.

Finja beschleunigte den Schritt. «Ist alles in Ordnung?»

Sie sah blonde Locken unter der Kapuze hervorwehen. Je näher sie kam, desto geisterhafter erschien ihr die weibliche Silhouette. Die Frau war nicht größer als eins sechzig, ein wenig gebeugt, aber mit festem Stand. Wie eine Seele, die am falschen Ufer angekommen war, taub und blind für das Diesseits.

Erst als Finja nur noch eine Armlänge entfernt war, drehte die Frau sich zu ihr um.

Fast hätte Finja vor Schreck einen kurzen Schrei vorangestellt. «Sie sind das?»

Die Frau lächelte. «Kennen wir uns?»

Es dauerte einige Atemzüge, bis Finja wieder normal reden konnte. «Gestern, im Supermarkt. Sie haben Kekse gekauft.» Janette, so hieß die alte Frau. Daran erinnerte Finja sich genau so gut wie an die Gesichter, die die Verkäuferinnen geschnitten hatten, sobald die Dame durch die Ladentür verschwunden war. «Ist denn Ihr Besuch noch nicht da?»

«Er muss jeden Moment kommen.»

«Sie sind hier verabredet?» Es gab sicher besser geeignete Treffpunkte als einen finsteren Küstenstreifen im Winter, dachte Finja.

«Wilhelm kommt mit dem Boot», erklärte die Frau und fügte hinzu: «Er lebt auf der Nachbarinsel, und im Winter gibt es dort-

hin keine Schiffsverbindungen. Deswegen segelt er mit seiner Jolle. Zwei Stunden braucht er wohl. Der Wind kommt schräg von achtern, da kann er an die zehn Knoten machen.»

«Wilhelm? Ihr Sohn?»

«Nein, mein Verlobter», korrigierte sie, als wäre nichts Merkwürdiges dabei, wenn sich eine Frau in ihrem Alter auf ein romantisches Rendezvous freute. Sie reckte den Hals, hob ihre Hand. «Da!», rief sie freudig aus, doch dann sackte sie wieder in sich zusammen. «War wohl doch eher ein Stück Treibholz oder so.»

Allmählich verstand Finja die Andeutungen, die im Supermarkt über diese merkwürdige Alte gemacht worden waren. Sie schien etwas wirr zu sein, vielleicht sogar dement. Aber warum war dann niemand bei ihr und passte auf sie auf? Es konnte schrecklich viel passieren, wenn eine alte Frau nachts am Strand spazieren ging. Sie musste nur ungünstig fallen und dann hilflos am Boden liegend von der Flut überrascht werden.

«Wie lange wollen Sie denn noch auf Ihren Wilhelm warten?», versuchte Finja es zaghaft.

Die Frau sah sie an, als sei dies eine Frage ohne jede Berechtigung. «Bis er da ist, natürlich.»

«Und wenn er nicht kommt?»

«Er wird kommen. Das hat er mir versprochen.»

Die Sache schien komplizierter zu sein als gedacht. «Können Sie denn nicht zu Hause auf ihn warten? Da ist es etwas wärmer, meinen Sie nicht?»

Die Frau schüttelte energisch den Kopf. «Ich warte gern auf ihn», war ihre knappe Antwort.

Finja fluchte innerlich. Hätte sie jetzt ihr Handy dabei, könnte sie die 110 wählen und es den Inselsanitätern überlassen, sich um das Problem zu kümmern. So blieb ihr aber nichts anderes übrig, als Überzeugungsarbeit zu leisten, bis die sture Alte sich Richtung Dünen bewegen würde. Allein lassen konnte man sie auf keinen Fall.

«Wollen Sie nicht –?»

«Was machen Sie denn eigentlich hier?», fragte die Frau auf einmal, und der Satz klang, als wäre sie klar bei Verstand. «Wir haben Weihnachten, und Sie sind eine junge Frau. Ihr Mann und die Kinder vermissen Sie doch bestimmt.»

«Ich habe leider keine Kinder», entgegnete Finja.

«Auch keinen Mann?»

«Doch, schon. Aber ... ich habe ihn verlassen. Gestern. Es war mir wichtig, ein paar Tage für mich allein zu sein, auch wenn oder gerade weil Weihnachten ist.»

«Und warum?», hakte die Frau nach, als sei sie längst schon so etwas wie eine Vertraute.

Finja stutzte. Was war das eigentlich für ein Gespräch? Wohin sollte das führen? Vielleicht war das aber ihre Chance, die Alte vom Strand wegzulocken. «Ich erzähle Ihnen alles, aber nur, wenn wir beide jetzt zusammen ins Dorf zurückgehen. Kommen Sie, ich bringe Sie nach Hause. Wo wohnen Sie denn?»

«Sobald Wilhelm da ist.»

«Ich ... Ich könnte jetzt gut jemanden gebrauchen, der mir zuhört», sagte Finja und stellte erst beim Aussprechen fest, dass es tatsächlich so war. «Bitte, mir ist kalt. Und ich brauche Ihre Hilfe.»

Die Frau sah sie lange an, dann suchten die faltigen Augen noch einmal den Horizont ab, an dem sich – welch Wunder – kein einziges Segelschiff blickenließ. «Gut, dann kommen Sie mit. Ich mache uns einen Tee, dann wird Ihnen wieder warm.» Sie hakte sich bei Finja unter, als bräuchte diese eine Stütze, um durch den weichen Sand zu kommen. «Wilhelm kennt ja den Weg zu mir, der kommt dann später nach.»

«Ganz bestimmt», bestätigte Finja und war grenzenlos erleichtert, weil es ihr gelungen war, die Frau vor der eisigen Kälte zu bewahren – und sich selbst, denn inzwischen schmerzten ihre Ohren trotz Wollmütze, als wären sie mit Stecknadeln gespickt. «Ich bin übrigens Finja.»

«Janette Geiken, sehr erfreut.»

Das Haus der Insulanerin, das sich nicht allzu weit entfernt am Dünenrand duckte, sah selbst in der Dunkelheit entzückend aus. Grober Backstein, Sprossenfenster, ein Teil des tiefen Daches war reetgedeckt, und im Garten vermittelten die krummen Bäumchen den Eindruck, eigentlich abstrakte Kunstwerke zu sein. Im Wohnraum, den man gleich betrat, sobald die Haustür geöffnet war, brannte ein Kaminfeuer – Wilhelm würde es schön warm haben, wenn er es über das Meer schaffte, dachte Finja. Zu ihrer Erleichterung machte das, was sie sah, nicht den Eindruck, als ob die alte Frau mit ihrem Leben überfordert wäre. Zwar standen überall Milchkannen herum, Farbnäpfe und Becher mit einem Sammelsurium aus Pinseln, aber dafür lieferte Janette Geiken auch gleich eine plausible Erklärung: «Damit verdiene ich meinen Lebensunterhalt. Bemalte Milchkannen als Schirmständer oder Bodenvase, für so etwas bezahlen die Touristen viel Geld.»

Finja betrachtete die bunten Kunstwerke. Einfache Bauernmalerei, Möwen- und Muschelmotive, manchmal auch Brombeerbüsche, Sanddorn oder ähnliches Gewächs, das auf der Insel in wilden Mengen wuchs. Nicht ihr Geschmack, aber sie lebte schließlich auch in einer städtischen Penthousewohnung mit viel Glas und glatten Flächen. Hier in dieser niedrigen Butze, auf den rustikalen Dielen, machten die Milchkannen was her.

«Setzen Sie sich ruhig auf das gute Sofa. Ich kümmere mich eben um das Teewasser», sagte die Gastgeberin. «Und dann dürfen Sie mir erzählen, was Ihnen so auf dem Herzen liegt, junge Frau.»

Unter normalen Umständen würde Finja jetzt Reißaus nehmen. Warum sollte sie einer alten, fremden, eindeutig verwirrten Frau etwas von ihrem Innenleben preisgeben? Doch eine wohlige Wärme erfasste ihr Gesicht und ihren ganzen Körper, und sie ahnte, wie gut ein Heißgetränk in diesem Moment tun würde. Zudem war das samtige Sofa mehr als gemütlich. Also blieb Finja sitzen und dachte nach. Was lag ihr denn eigentlich auf dem Herzen?

Am ersten Weihnachtsmorgen erwachte Finja ziemlich spät. Kein Wunder, sie hatte noch bis weit nach Mitternacht bei Janette in der urigen Wohnstube gehockt, Tee getrunken und Butterkekse gegessen. Wenn sie daran dachte, was sie der alten Frau alles erzählt hatte, wurde ihr ganz anders. Die Worte waren einfach nur so aus ihr herausgesprudelt. Wie Marcus und sie sich im Studium kennengelernt hatten, wie sie Karriere machten – sie als Redakteurin bei der *Barbara*, er als Pressesprecher eines Großkonzerns. Wie beide seit Jahren als Traumpaar der Journalistenszene galten. Nur mit dem gewaltigen Haken, dass man sich nie zu sehen bekam, es sei denn, der entsprechende Termin war Wochen vorher vereinbart. Finja und Marcus begegneten sich immer seltener. An Kinder war unter solchen Bedin-

SAND
Mißw. 1965 — 3,7° (W)
Blauort-Sand-Bk.
Tertius-Bk.
Scholl-Loch
N/12
N/13
N/H
N/J
rot

gungen gar nicht zu denken. Und die Liebe, ja, die Liebe saß wahrscheinlich irgendwo zwischen ihnen wie bestellt und nicht abgeholt.

So hatte Finja das noch nicht einmal ihrer besten Freundin gegenüber auf den Punkt gebracht.

Janette nickte die ganze Zeit verständnisvoll, selbst als Finja, um ihren beruflichen Druck zu beschreiben, von Deadlines, Layouts und Net-Meetings sprach. Genau genommen kam ihre Gastgeberin gar nicht zu Wort. Finja vergaß sogar völlig, nach diesem Wilhelm zu fragen, der im Laufe der Nacht natürlich nicht mehr auftauchte. Als sie dann gegen ein Uhr zur *Villa Seemannsbraut* zurückkehrte, konnte sie sich seit langer Zeit das erste Mal wieder unbelastet und müde ins Bett legen – und schlief sofort ein.

Nun war es bereits nach zehn, und Finja wälzte sich noch einmal genüsslich in den Kissen. Eine Nacht ohne Bauchschmerzen und nervöses Erwachen – was für ein Weihnachtsgeschenk!

Plötzlich hörte sie die knarrenden Stufen, dann klopfte es sachte an der Wohnungstür. Finja warf sich den Morgenmantel über und öffnete.

«Guten Morgen und frohe Weihnachten!», wünschte Herr Dierksen und zeigte sich von Finjas verschlafenem Outfit in keiner Weise irritiert. Er hingegen sah so frisch aus, als hätte er bereits einmal die Insel im Laufschritt umrundet. In seiner Hand hielt er ein kleines Päckchen. Finja erkannte Tee und Kandis in dem knisternden Cellophanpapier. «Hier, für Sie, von meiner Frau und mir.»

«Das ist sehr nett!» Finja nahm das Geschenk entgegen.

Dierksen schien Lust auf einen Klönschnack zu haben, er lehnte sich in den Türrahmen, als habe er vor, mindestens ein Stündchen dort stehen zu bleiben. «Und? Wie war Ihr einsames Fest?»

«Ach, so einsam war es gar nicht. Ich habe jemanden kennengelernt und dort einen sehr netten Abend verbracht.» Es war amüsant, wie die Neugierde Dierksens Mimik eroberte. Wahrscheinlich hatte er ohnehin mitbekommen, wie spät sein einziger Gast nach Hause gekommen war. Die alten Stufen machten es einem unmöglich, heimlich nach oben zu schleichen. Finja wartete noch einen kleinen Augenblick, bis sie seine Wissbegierde zufriedenstellte: «Eine alte Dame. Sie lebt hier ganz in der Nähe am Dünenrand und bemalt Milchkannen.»

Er war offensichtlich verblüfft. «Sie waren bei der alten Geiken?»

Finja nickte. «Eine wunderbare Frau.»

Das schien Dierksen etwas anders zu sehen. «Manche halten sie für ein bisschen ... na ja, was soll ich sagen ... plemplem.»

«Den Eindruck hatte ich nicht. Sie hat mir zwar etwas von einem Verlobten erzählt, aber –»

«Janette Geiken hat ganz bestimmt keinen Verlobten», unterbrach er sie, «ich bitte Sie, die Frau geht locker auf die achtzig zu! Sie war auch nie verheiratet, soweit ich weiß. Hat immer allein gelebt in ihrem Hexenhäuschen in den Dünen und die Milchkannen bemalt. Das macht sie ja auch ganz ordentlich.»

Zwar hatte Finja nicht wirklich an Wilhelms Existenz geglaubt, doch diese schroffe Wahrheit aus dem Mund ihres Vermieters zerstörte den Zauber, der die geheimnisvolle Begegnung in der Weihnachtsnacht umgeben hatte. Fast bereute Finja, die Wohnungstür so leichtfertig geöffnet zu haben. «Und wer ist dann dieser Wilhelm?», wagte sie trotzdem zu fragen.

Dierksen legte die Stirn kraus. «Meinen Sie Wilhelm Oltmanns, den Wirt aus dem *Blinkfuer*? Oder Willi Poppinga, der die Feuerwehr leitet?»

«Angeblich kommt er von der westlichen Nachbarinsel.»

Nach kurzem Überlegen schüttelte Dierksen den Kopf. «Da weiß ich nichts von. Aber wie gesagt, die alte Geiken hat ein bisschen viel Phantasie. Ist ja auch 'ne Künstlerin.»

«Wer kümmert sich denn um sie?»

«Och, die kommt noch bestens allein zurecht. Manchmal ist allerdings die Frau Pastorin bei ihr zu Besuch. Ich glaub, wenn es mal zu verrückt wird mit der Alten, dann wird sich unsere Seelsorgerin schon um einen passenden Heimplatz kümmern.»

Das war eine traurige Perspektive. Janette in einer Pflegeeinrichtung? Unvorstellbar für Finja. «Na dann, danke noch mal für den Tee ...» Sachte schob sie ihren Vermieter hinaus und schloss die Tür. Ein paarmal atmete sie tief ein und aus. Sie musste etwas tun, irgendetwas.

Zwar hatte sie mit dieser Frau und ihrer Geschichte eigentlich nicht das Geringste zu tun und überdies auch genügend eigene Probleme zu bewältigen. Doch es wollte ihr trotzdem nicht so recht gelingen, sich auf etwas anderes zu konzentrieren.

Finja dachte zwar meist eher rational, aber vielleicht war es auch kein Zufall gewesen, dass Janette und sie sich letzte Nacht begegnet waren. Der Strand zog sich immerhin mehr als zehn Kilometer in die Länge, und sie waren die Einzigen weit und breit gewesen ... Wenn das alles keinen tieferen Sinn hätte, wären sie doch einfach aneinander vorbeigelaufen, oder nicht?

Finja hatte wirklich keinen Hang zum Übersinnlichen. Schon als sie mal einen Artikel über Yoga schreiben sollte, war es ihr zu viel gewesen mit diesem Gerede von innerer Energie und seelischer Freiheit. Von den Kolleginnen der Abteilung «Seelenheil» – so nannten Finja und Marcus, wenn sie unter sich waren, die Redakteure, die sich mit Psychokram, Esoterik und Co. beschäftigten – hielt sie sich lieber fern.

Vielleicht redete sie sich hier also nur etwas ein, das sich beim besten Willen mit keiner handfesten Naturwissenschaft erklären ließ. Schicksalsbegegnung in der Inselweihnacht ... Also wirklich, davon durften ihr Mann und auch die Kollegen besser nichts erfahren.

Aber das würden sie ja auch nicht. Denn Finja hatte weder Handy noch Laptop dabei. Was sie hier auf der Insel machte, ging nur sie etwas an. Es war ihre Sache. Ganz allein ihre.

Ohne Talar und Beffchen sah die Pastorin aus wie ein ganz normaler Mensch. Höchstwahrscheinlich war sie das ja auch, nur Finja hatte erwartet, einer Frau mit irgendwie heiliger Aura zu begegnen, als sie am Pfarrhaus klingelte. Zum Glück hatte sie sich getäuscht, es würde sehr viel einfacher sein, mit einer Frau mit Kurzhaarschnitt, Jeans und Sweatshirt zu reden.

«Ja bitte?», fragte die Pastorin freundlich. Sie schien keinesfalls genervt zu sein, am späten Vormittag des ersten Weihnachtstages Besuch von einer Fremden zu bekommen.

Trotzdem war Finja nervös, ihr Anliegen kam ihr auf einmal so abwegig vor. «Äh ... Ich bin wegen Janette hier», stammelte sie.

«Janette Geiken?» Die Pastorin öffnete die Haustür weit und bat sie herein. «Ist etwas passiert?»

«Nein, nicht direkt. Ich mache mir nur ein wenig Sorgen um sie. Und mein Vermieter sagte, dass Sie die alte Frau öfter besuchen.»

«Jeden zweiten Tag, wenn ich es schaffe ... Kommen Sie doch herein.»

Nachdem sie einander vorgestellt hatten, schaute Finja sich in dem langen Flur um, der bis zum anderen Ende des Hauses führte und von dem zahlreiche Türen abgingen. Überall an den Wänden hingen alte Ölgemälde und Aquarelle. Manche waren stimmungsvoll und gekonnt, andere hingegen entpuppten sich schon beim ersten Hinsehen als laienhafte Kleckserei. Doch die Motive sahen sich alle ziemlich ähnlich: Schiffe und Boote im Sturm. Mal konnte man die angstverzerrten Gesichter der Besatzung erkennen, mal fingen peitschende Wellen und aufgewühlte

f.gr.Sd.
f.gr.Sd.M.
SF/A
f.gr.Sd.
K a r k h o
B/A
D - Steert

Wolken den Blick des Betrachters ein. An der Wand über all diesen Werken prangte eine altdeutsche Schrift: *Was für ein Herr, dem Wind und Wellen gehorchen.*

«Das ist eine Sonderausstellung zum Thema Seenotrettung», erklärte die Pastorin, der Finjas Blick nicht entgangen war. «Hier im Untergeschoss des Pfarrhauses befindet sich das Inselmuseum, und die Geschichten von Sturm und Schiffbruch gehören einfach dazu, wenn man etwas über das Leben am Meer erfahren will.» Sie deutete den Flur entlang. «Aber wir können auch gern in mein Amtszimmer gehen.»

«Nein, es ist ganz schön hier. Ich habe auch nur eine kurze Frage.» Jetzt erst sah Finja die Milchkanne zwischen den anderen Ausstellungsstücken. Sie kniete sich hin. Das Bild darauf verriet eindeutig Janettes Pinselstrich, doch statt einheimischer Flora und Fauna war eine maritime Szene auf den runden Metallkörper gemalt worden: Auf unruhigen Wellen tanzte ein kleines Segelschiff, in dem ein junger Mann saß. Am unteren Rand war in goldenen Ziffern eine Jahreszahl zu erkennen: 1952. Finja erhob sich und zeigte auf das Bild: «Ist das Wilhelm?»

Die Pastorin nickte.

«Gab es ihn also wirklich?»

«Hat Janette Ihnen von ihm erzählt?»

«Nicht direkt. Aber sie hat auf ihn gewartet, an Heiligabend am Strand. Ich dachte erst, sie wolle sich ins Meer stürzen ...»

Ein Lächeln breitete sich auf dem Gesicht der Pastorin aus. «Niemand steht so im Leben wie Janette Geiken, da können Sie unbesorgt sein.»

Das hatte Finja inzwischen glücklicherweise auch schon bemerkt. «Aber wieso wartet sie dann noch immer auf ihren Verlobten? Ich meine, wenn das Bild da auf der Kanne tatsächlich Wilhelm zeigt, muss sie doch noch blutjung gewesen sein, als er sich mit seiner Jolle zu ihr aufmachte.»

«Soweit ich weiß, war sie siebzehn.»

«Und was ist damals passiert?»

Statt einer Antwort ging die Pastorin zu einem kleinen Schränkchen und holte einen Schlüssel hervor. «Ich schließe Ihnen gern das Museum nebenan auf. Sie können sich dort überall umsehen, besonders die Eintragungen der DGzRS dürften interessant sein.»

«Der was?»

«Das ist die Deutsche Gesellschaft zur Rettung Schiffbrüchiger. Diese Organisation gibt es schon seit mehr als 150 Jahren, und seitdem wird auch über alle Rettungseinsätze Buch geführt.»

Sie öffnete eine Holztür, von der aus man direkt ins Museum kam. Dahinter lagen zwei große, ineinander übergehende Räume, die bis auf den letzten Quadratzentimeter mit seltsamen Exponaten bestückt waren. Steuerräder und Taue, Bojen und Knochen, die von der Größe her zu einem Walfisch passen mochten. In einer hinteren Ecke stand ein antiker Sekretär aus Nussbaum, darüber hingen in einer Glasvitrine alte Schriftstücke. Auf dem Schreibtisch lagen Ordner, in denen feinsäuberlich sortierte und in Folien geschützte Kopien zu finden waren. Die Pastorin blätterte darin. «In diesen Berichten entdecken Sie die unglaublichsten Geschichten. Es geht meist um Mut und Tragik, um Hoffnung und Tod. Die Begebenheit, nach der Sie suchen, finden Sie in diesem Stapel.» Sie legte drei relativ dünne, aber volle Papphefter vor Finja auf den Tisch.

«Ist Wilhelm damals auf seiner Fahrt hierher etwas zugestoßen?»

«Hier dürften Sie die Antwort selbst finden. Ich bin mir nicht sicher, ob Janette es gutheißen würde, wenn ich mit Ihnen darüber spräche.»

Finja verstand. Die Pastorin wusste wahrscheinlich mehr, doch die Dinge, die ihr ein Gemeindemitglied im Vertrauen erzählte, unterlagen dem Seelsorgergeheimnis.

«Lassen Sie den Schlüssel einfach stecken und ziehen Sie die Haustür zu, wenn Sie gehen», sagte sie und ließ Finja zwischen den seltsamen Ausstellungsstücken allein.

Sie sah sich um. Direkt neben einem der Fenster hing ein durchsichtiges Wetterglas, die rote Flüssigkeit des Barometers war in den länglichen Schnabel gestiegen, was auf eine zu erwartende Schlechtwetterfront schließen ließ. Und tatsächlich, der Blick nach draußen verhieß nichts Gutes: Die Wetterfahne auf der Spitze des Kirchturms drehte sich hektisch um sich selbst. Der Wind, der sich gestern ein wenig zurückgezogen hatte, war wieder mächtig aufgeflaut, und Finja konnte das Meeresrauschen sogar hier drinnen deutlich hören. Die Zeichen standen eindeutig auf Sturm.

Finja ließ sich auf dem gepolsterten Holzstuhl nieder und öffnete den ersten Ordner. Die Schrift war nur schwer zu entziffern. Teils lag das an der verblichenen Tinte, die sich schlecht zum Kopieren eignete, teils auch an den Buchstaben, die entweder senkrecht und seltsam gezackt oder sehr klein und verschlungen waren – Finjas Großeltern hatten damals ähnliche Lettern auf das Papier gebracht, unlesbar für den Rest der Familie.

Den Berichten war stets das Datum vorangestellt, dann folgten die Namen der Männer, die am betreffenden Rettungseinsatz beteiligt waren.

28. November 1951
Vormann: Wilhelm Eilers
Besatzung: Maschinist Folkert B. Meeuw, Rettungsmann Christoffer Müller
Einsatz: Notruf des englischen Dampfers «Teeswood», der bei Orkan und Dunkelheit an der Möwensteert-Untiefe zwischen Hubertgat und Westerems in Seenot geraten war.
Nach 20 vergeblichen und riskanten Anläufen glückte die Rettung

von 13 Seeleuten. 2 Seeleute wurden jedoch von hohen Wellen vom untergehenden Schiff gespült. Sie verloren ihr Leben. Der Dampfer brach unmittelbar danach auseinander.

Ein grobkörniges Bild zeigte drei stolze Seemänner vor ihrem Boot.

Finja blätterte weiter und las sich ein in die faszinierenden Texte, die zwar nichts mit journalistischer Finesse zu tun hatten, dafür aber direkt und unverblümt erzählten, wie hart der Kampf zwischen Mensch und Meer sein kann. Ein gekentertes Ehepaar mit Kleinkind musste sich stundenlang am Rumpf der *Wellennixe* festhalten, bevor rettende Hände die kleine Familie aus dem Wasser zogen. Dann der Pilot, der nach einer Notwasserung schon für tot erklärt worden war. Doch die Seenotretter mochten ihn nicht aufgeben, und nach fast zwei Tagen fanden sie ihn halb verdurstet auf einer Vogelinsel. Auch von missglückten Einsätzen war die Rede. Wenn beispielsweise die Besatzung des Rettungsbootes zu spät kam und nur noch Trümmer an der Unglücksstelle vorfand. Meist hatte die Strömung die Ertrunke-

nen dann schon verschleppt, viele davon tauchten nie wieder aus den Fluten auf. Die Namen der auf See Verschollenen, das wusste Finja bereits, wurden in hölzerne Kreuze gebrannt, die ohne Grabstätte auf dem Inselfriedhof aufgestellt wurden – überschrieben mit dem Satz einer maritimen Ballade: *Een Boot is noch buten.* Ein Boot ist noch draußen, übersetzte Finja den plattdeutschen Vers, ein Seemann hat es nicht mehr in den sicheren Hafen geschafft.

Die Schicksale gingen Finja nahe, obwohl sie keinen dieser Menschen kannte und keinen je kennenlernen würde. Das alles hatte doch nichts mit ihr zu tun. Sie lebte in einer Stadt, die weit im Landesinneren lag. Dort meldeten sich keine Freiwilligen, um ihr Leben zu riskieren und andere vor dem nassen Tod zu bewahren. Und doch schaute sie länger auf die alten Fotografien, als sie es sonst tat, wenn sie mit einem Thema eigentlich nichts anzufangen wusste.

Schließlich näherten sich die Berichte dem Jahr, das auf Janettes Milchkanne notiert war. 1952 gab es einen havarierten Fischkutter, zwei Hobbysegler, die sich bei Ebbe festgefahren hatten, sowie die Suche nach einer Frau, die im Hochsommer im offenen Meer schwimmen gegangen und nicht wieder an Land zurückgekehrt war. Und dann ... Finja hielt den Atem an, ja, das war die Meldung, nach der sie gesucht hatte:

24./25./26. Dezember 1952
Vormann: Ulrich Popken
Besatzung: Maschinist Karl Jenssen, Rettungsmann Albert Wilts
Einsatz: Vermisstenmeldung der Janette Geiken, die ihren Verlobten Wilhelm Frerichs erwartete, der mit seiner Jolle von der Nachbarinsel kommen wollte. Laut Berichten ein erfahrener Segler. Jedoch kam in der fraglichen Nacht ein heftiger Sturm auf, bei dem auch der beste Wassersportler besser zu Hause geblieben wäre. Windstärken zwischen 8 und 10 aus Nordwest. Laut Zeugen hat Wilhelm Frerichs seinen Heimathafen am Heiligen Abend gegen 17 Uhr verlassen, seine Ankunft hier auf der Insel wurde gegen 19 Uhr erwartet.
Die Besatzung des Rettungsbootes suchte am 25. und 26. 12. den gesamten Bereich zwischen den Inseln ab, konnte aber weder das Boot noch den Vermissten ausfindig machen, deswegen wurde die Suche am Abend des zweiten Weihnachtstages erfolglos abgebrochen.

Finja musste schlucken und konnte nichts dagegen tun, als die Schrift vor ihren Augen verschwamm. Fast trotzig wischte sie die Tränen mit dem Pulloverärmel fort. Was war nur los mit ihr? Das vergilbte Foto eines jungen Mannes, das schwarz eingerahmt neben dem Bericht eingeklebt worden war, rührte sie. Sie stand auf und lief in den Flur zur Milchkanne. Dasselbe ernste Gesicht, die geraden Züge ... Es war Janette gut gelungen, Wilhelm zu porträtieren. Wahrscheinlich hatte sie ihren Verlobten aus der Erinnerung gemalt. Womöglich sah sie ihn immer noch so vor sich, nach sechzig Jahren, als wenn sie ihm gestern erst das letzte Mal begegnet wäre. So wie sie von Wilhelm gesprochen hatte, bestand für Janette kein Zweifel daran, dass er noch lebte und jederzeit auftauchen könnte, als sei in der Zwischenzeit nichts geschehen. War Janette also doch verrückt, dement oder – wie Dierksen sich ausgedrückt hatte – plemplem? Wie sollte es anders sein?

Doch aus welchem Grund auch immer, Finja weigerte sich, daran zu glauben.

Sie ging zurück, legte die Ordner wieder in das Fach und lief noch einmal, dieses Mal etwas aufmerksamer, durch die kleine Ausstellung. Rettungsringe, Leuchtraketen und Schwimmwesten, an denen noch der Duft des Meeres hing. Auf einmal sah sie diese Dinge mit ganz anderen Augen. Sie stellte sich vor, wie diese Objekte im Einsatz letzte Hoffnung und ersehnte Rettung gewesen waren. Die Familie am Segelboot in orangefarbenen Westen, der verlorene Pilot, der den weiß-roten Reifen auffing, der grüne Feuerball am Himmel, hinaufgeschossen von verzweifelten Freizeitseglern ...

Finja suchte ihre Sachen zusammen, dann zog sie wie verabredet die Tür hinter sich zu.

Biestig schubste der Wind sie von zwei Seiten gleichzeitig an und wehte ihr beinahe die Mütze vom Kopf. Der Himmel war so schwarz, als hätte die Dämmerung bereits eingesetzt. Es musste bis eben geregnet haben, das Wasser lief in kleinen braunen Strömen zu den Gullys am Bordstein.

Dies war das richtige Wetter für einen Sanddorngrog oder sonst etwas Heißes und Hochprozentiges. Vielleicht hatte das kleine Teehaus am Rande des Kurparks geöffnet, dachte Finja. Doch so richtig konnte sie sich nicht motivieren.

Irgendetwas fehlte.

Das Tempo, mit dem sie sich ziellos in Bewegung setzte, veranlasste einen an ihr Vorbeiradelnden zum Anhalten. «Alles in Ordnung?», fragte der Mann. Sie nickte lahm, und der Fremde fuhr weiter. Obwohl das Eiland so winzig war, die Straßen so kurz, die Häuser so niedrig, fühlte Finja sich von einer Unendlichkeit verschluckt, die sie nicht verstand. Verloren in der Geborgenheit einer Insel. Orientierungslos im Schutz des Hafens. Vollkommen falsch am richtigen Ort.

Diese Geschichte von einer Liebe, die Ewigkeiten zurücklag und nichts mit ihr zu tun hatte, katapultierte sie in eine Leere, an der vorher mal ein sicheres, bestens organisiertes Selbstbewusstsein gewesen war. Was war nur los mit ihr?

Die Antwort stand auf einmal da: in Form einer Telefonzelle in einer trostlosen Ecke in der Nähe des Rathauses. Finja hatte ganz vergessen, dass es solche öffentlichen Kabinen überhaupt noch gab. Und jetzt war das Verlangen übermächtig, sich dort in diese Nische zu stellen, Kleingeld zusammenzukramen, den Hörer abzunehmen, ihre Nummer zu wählen und Marcus' Stimme zu hören. In dem Moment schien es ihr, als seien Telefonzellen die beste Erfindung der Menschheit direkt nach Rad und Glühbirne.

Ja, sie sehnte sich nach Marcus, nach ihrem Mann, nach seiner etwas nasalen Stimme, die so oft zynische Sprüche klopfte und so selten von Liebe sprach. Zwar hatte sie sich fest vorgenommen, nicht weich zu werden und auf keinen Fall bei ihm anzurufen – er sollte sie erst so richtig vermissen und merken, was er an ihr hatte. Aber auf einmal merkte Finja, wie albern das war nach sechs Ehejahren.

Die Münzen rutschten zunächst durch, das war auch schon in ihrer Kindheit problematisch gewesen. Finjas Hände zitterten, als sie endlich die Tasten drückte, und der Atem hatte die doppelte Frequenz wie das Freizeichen, das gleich darauf ertönte. *Geh dran*, dachte sie, die Situation war kaum auszuhalten. Eine Plastiktüte wehte an ihr vorbei, blähte sich auf, wurde vom Sturm nach oben gehoben. *Geh dran!*

Doch das Tuten zog sich erbarmungslos in die Länge. Eigentlich hätte schon längst der Anrufbeantworter anspringen müssen. Finja konnte den AB-Spruch auswendig, mit allen Hintergrundgeräuschen: *Lieber Anrufer, Marcus und Finja sind leider wie so oft nicht zu Hause, aber nach dem Signalton kann eine gute Nachricht hinterlassen werden …*

Doch das Gerät meldete sich nicht. Marcus musste es abgestellt haben.

Irgendwann wurde die Leitung nach Hause automatisch gekappt und das Besetztzeichen erklang. Finja versuchte es noch einmal, vielleicht hatte sie sich vertippt oder war falsch verbunden worden. Doch wieder wartete sie vergeblich, dass am anderen Ende der Hörer abgenommen wurde. Jeder einzelne Klingelton fühlte sich an wie ein Tritt in die Magengegend.

Marcus war nicht da. Und er legte anscheinend keinen Wert darauf, eine Nachricht von ihr zu hören, sonst hätte er den AB nicht abgestellt.

Seine Handynummer konnte Finja nicht auswendig, die war in ihrem Mobiltelefon unter Favoriten gespeichert. Es bestand ja auch meist keine Notwendigkeit, so viele Zahlen in ihrem Kopf zu behalten. Natürlich könnte sie bei ihren Eltern anrufen, bei ihren Schwiegereltern, bei der besten Freundin. Deren Nummern konnte sie auswendig, und wahrscheinlich warteten sie alle auf ein Lebenszeichen. Immerhin war Weihnachten, das Fest, bei dem man üblicherweise mit der halben Welt telefonierte.

Doch die Enttäuschung, dass Marcus nicht zu sprechen war, gerade jetzt, als es ihr so wichtig war, mit ihm zu reden, dieser Dämpfer machte Finja stumm und taub. Sie hängte den pinkfarbenen Hörer ein, fischte die Münzen aus dem Fach und steckte sie in die Manteltasche.

Es wäre schön, dachte sie, wenn der Sturm in der Lage wäre, ihren Kopf freizupusten. Und ihr Herz.

«Wie soll es mit uns weitergehen, wenn wir uns nie sehen, Marcus? Was bleibt dann von unserer großen Liebe überhaupt noch übrig?»
«Es ist unser Leben, Finja. Wir wussten doch beide, worauf wir uns einlassen, wenn wir alles haben wollen, Spitzenjob und Traumpartner.»
«Traumpartner? Das Wort trifft es nicht mehr. Ich habe nämlich ausgeträumt. Mir war nicht klar, wie anstrengend das wird. Immer ist einer von uns unterwegs, nie haben wir Zeit füreinander ...»
«Was schreibt denn eure allwissende Seelenheilerin dazu? Ihr habt doch eine Redakteurin extra für Eheprobleme.»
«Sie sagt, man soll Worte wie nie oder immer grundsätzlich vermeiden.»
«Und?»
«Wie soll ich es denn anders ausdrücken? Meistens ist nun mal einer von uns unterwegs. Zu selten haben wir Zeit füreinander – klingt doch genauso verkorkst.»
«Ich glaube, du bist einfach grundsätzlich unzufrieden mit deinem Leben!»
«Übrigens, Du-Botschaften sollte man auch vermeiden.»
«Blabla ... Genau das ist es, was ich meine! Vielleicht wissen wir einfach zu viel und stehen uns damit selbst im Weg.»
«Mit einem dämlichen Vielleicht kann ich nichts anfangen.»
«Heißt das, du willst lieber aufhören?»
«Womit?»
«Mit uns?»
«Ich weiß es nicht. Ich habe keine Ahnung ... Wahrscheinlich brauchen wir mal eine Auszeit, um wieder klar denken zu können.»
«Dann schau doch mal, ob dein Terminkalender noch eine Lücke frei hat ...»
«Weihnachten ...»
«Weihnachten? Bist du wahnsinnig? Da warten deine Eltern, da warten meine Eltern, die wollen auch mal etwas von uns haben!»

«Wenn wir so weitermachen, ist aber gar nichts mehr von uns übrig, was sie noch einfordern könnten. Egal ob Weihnachten, Ostern oder am Sankt-Nimmerleins-Tag. Dann haben wir uns nämlich aufgelöst in den ganzen Verpflichtungen!»

«Aber Weihnachten?»

«Warum nicht?»

«Weil das nicht geht.»

«Dann fahre ich eben alleine.»

«Das machst du doch sowieso nicht.»

«Und wenn doch?»

Gegen Abend gebärdete sich der Sturm derart wild, dass der Sand auf Augenhöhe durch das Inseldorf geweht wurde und jedem, der sich trotzdem vor die Tür wagte, die Körner scharf ins Gesicht peitschte.

Doch wenn Finja nur eine Minute länger in der Ferienwohnung hocken würde und die Ehestreite der letzten Jahre in Gedanken Revue passieren ließe, ginge es in ihr genauso stürmisch zu. Irgendwo tobte immer ein Orkan. Finja entschied sich schließlich für den dadraußen.

Das Sechs-Uhr-Läuten der Inselkirche war zu hören. Finja schlug die entgegengesetzte Richtung ein und marschierte dem Wind entgegen. Wenn man kein bestimmtes Ziel hat, sollte man besser erst den Wind von vorn nehmen, lautete eine Weisheit der Insulaner. Dann hat man, wenn die Kraft zur Neige geht, ein wenig Schwung im Rücken, um nach Hause zu kommen. Der Weg gen Nordwesten führte jedoch direkt zum Strand, das ließ Finja zögern. Wenn der Sturm hier zwischen den schützenden Häusern sie schon taumeln ließ, würde sie sich jenseits der Dünen womöglich gar nicht mehr auf den Füßen halten können.

Vernünftig war das wirklich nicht. Dennoch lief Finja in Richtung Meer.

Sie passierte Janettes Haus und überlegte kurz, der alten Frau einen Besuch abzustatten. Aber es war kein Licht durch die Sprossenfenster zu sehen, und schließlich hatte sie gestern schon die Gastfreundschaft der Malerin ausgenutzt. Das war ihr inzwischen klar – und ein wenig unangenehm. Morgen würde sie vielleicht noch einmal bei ihr vorbeischauen, sie könnte Janette den kleinen Kalender mitbringen und den Tee. Ja, das war eine gute Idee, morgen ...

Wie eine unsichtbare Faust schlug der Orkan ihr entgegen, als sie den ersten Schritt aus dem Schutz der Randdünen wagte. Finja blieb die Luft weg, sie musste sich um 180 Grad drehen und rückwärtslaufen. Mit aller Kraft stemmte sie sich gegen den Wind, es blieb ein ungleiches Duell. Der Widerstand der Luft fühlte sich an, als wäre er aus durchsichtigem, kaltem Gewebe gespannt worden. Elastisch und doch unerbittlich hinderte es Finja am Vorankommen. Das hatte überhaupt keinen Zweck, dachte sie, ich muss umkehren, im Dorf bin ich besser aufgehoben.

Nur einen kurzen Blick auf die Nordsee wollte sie noch werfen, deren Wellen wie brüllende Untiere klangen. Und genauso wild und gefährlich sahen sie aus: aufbäumende Rücken mit schäumenden Höckern. Schnaubend spritzte die Gischt aus den Rachen der sich überschlagenden Wogen. Es war ein Anpirschen und Aufbäumen der Wassermassen, das in brachiale Angriffe auf die Insel ausartete. Kein Zweifel, wer dabei als Sieger hervorgehen würde.

Schon jetzt war der sonst so breite Strand nur noch ein kläglich schmaler Gürtel zwischen Meer und bewachsenem Land. Besser, sie brachte sich in Sicherheit, und zwar so schnell wie möglich!

Doch dann, Finja war schon fast wieder zwischen Dünengras und Sandbergen eingetaucht, sah sie eine Gestalt. Die dunkle Wachsjacke, die blonden Locken unter der Kapuze, den Körper in aller Ruhe dem Meer zugewandt, als gäbe es einen idyllischen Sonnenuntergang zu beobachten. Was machte Janette hier? Bei diesem Unwetter?

Finja kannte die Antwort: Sie wartete auf Wilhelm.

Es war unfassbar, niemand würde sich solchen Strapazen aussetzen, um auf den anderen zu warten. Finja selbst holte Marcus noch nicht einmal vom Flughafen ab, wenn es ein bisschen regnete, er konnte schließlich genauso gut ein Taxi nehmen. Aber diese Frau trotzte der Gewalt des Sturmes und stand beharrlich am Strand, obwohl sie wusste, dass der Mann, den sie liebte, nicht kommen würde. O ja, das musste sie einfach wissen, schließlich war Janette nicht verrückt, bestimmt nicht.

Finja rannte am Fuß der Dünen entlang. Erst als sie auf derselben Höhe wie die Wartende war, steuerte sie auf das Meer zu. Die Wassermassen machten ihr Angst, doch das war jetzt egal, sie musste zu Janette, sie wollte ihr beistehen, ihren Arm nehmen. Hoffentlich würde es ihr ein weiteres Mal gelingen, sie von diesem Wahnsinn abzubringen.

Als sie der alten Frau die Hand auf die Schulter legte, erschrak Janette keineswegs. Mit einem Lächeln drehte sie sich um, als

habe sie mit Finjas Erscheinen gerechnet. «Gleich müsste er da sein!», freute sie sich.

«Bei dem Seegang? Im Radio haben sie eine Sturmflutwarnung durchgesagt. Wilhelm wäre sicher auf seiner Insel geblieben, oder nicht?» Sie musste regelrecht schreien, denn die Worte wurden verweht, kaum dass sie ausgesprochen waren.

Janette schüttelte den Kopf. «Er will zu mir kommen, das Wetter ist ihm doch egal.»

Finja sah die alte Frau von der Seite an und konnte in ihrem Gesicht eine Gewissheit erkennen, dass alles so war, wie sie es sagte. «Janette, haben Sie eigentlich eine Ahnung, welcher Tag heute ist?»

«Natürlich, der 25. Dezember. Es ist Weihnachten. Warum fragen Sie?»

«Und welches Jahr? Ich meine, wissen Sie, wie alt Sie sind?»

Jetzt wandte Janette ihren Blick einen kurzen Moment vom Horizont ab und schaute Finja in die Augen. «Warum sollte ich das nicht wissen? Ich bin fast achtzig, doppelt so alt wie Sie. Und ich kann mir denken, was Sie jetzt sagen wollen: dass Wilhelm tot ist und es keinen Sinn macht, hier auf ihn zu warten.»

Genau das hatte Finja sagen wollen, doch jetzt, nachdem Janette den Satz so missbilligend ausgesprochen hatte, wurde ihr auf einmal klar, dass sie mit dieser Ansicht wahrscheinlich gar nicht richtiglag. Diese Frau stand mit beiden Beinen fest auf dem Boden, all das Chaos ringsherum erschütterte sie nicht im Geringsten. Finja hingegen lief vor und zurück, mal mit, mal gegen den Wind, und drehte sich doch immer nur um sich selbst. Warum war ihr das noch gar nicht aufgefallen?

«Ob Wilhelm tot ist oder nicht, tut nichts zur Sache», fuhr Janette fort. «Für mich ist er lebendig und immer noch auf dem Weg zu mir. Und eines Tages wird er auch ankommen, da bin ich sicher!»

«Woher nehmen Sie nur diese Gewissheit?»

Die alte Frau runzelte die Stirn, als wäre ihr gerade die überflüssigste Frage aller Zeiten gestellt worden. «Wer redet denn von Gewissheit? Ich fühle es, das reicht mir vollkommen.»

Drei Möwen tanzten miteinander durch die Luft, sanken im Sturzflug herab, landeten fast direkt vor ihren Füßen, bevor sie sich in Windeseile wieder in die Höhe schwangen. Heiseres Gelächter tönte aus ihren Schnäbeln, als wollten sie sich über die beiden Frauen am Spülsaum lustig machen. Wie konnten die Menschen nur so verrückt sein, da unten im Nassen zu stehen, statt einfach davonzufliegen? Hahaha! Plötzlich drehten die Vögel ab und segelten mit dem Wind davon.

«Aber ...» Finja zog ihre Jacke enger um sich. Inzwischen kroch die Kälte durch jede Ritze ihres angeblich antarktiserprobten Anoraks. «Wie halten Sie das aus? Sie sind immer allein und warten auf einen Mann, der niemals kommen, der niemals wirklich für Sie da sein wird. Und mit wirklich meine ich: Er kann Sie nicht in den Arm nehmen, er kann Ihnen nicht Gesellschaft leisten, mit Ihnen reden oder lachen. Er kann ja noch nicht einmal den Müll nach draußen bringen oder meinetwegen Ihr Fahrrad reparieren. Das ist doch kein ... kein Leben!»

Jetzt lachte Janette und warf ihren Kopf nach hinten wie ein junges Mädchen. Eine Erwiderung auf Finjas Worte hielt sie aber anscheinend nicht für nötig.

Nun gut, dachte Finja, dann soll sie eben lachen und zufrieden sein mit ihrem Schicksal. Ich muss auch nicht verstehen, warum eine alte, einsame Frau in der Lage dazu ist.

Fast machte es sie sogar wütend. Denn sie ahnte, Janette würde bestimmt keinen Zentimeter von der Wasserkante weichen. Und das, obwohl die Wellen sich immer höher türmten und in raschem Takt auf sie zurollten.

Als Finja schon nicht mehr damit rechnete, begann Janette

von sich aus zu erzählen: «Es war ein alter Brauch: Im Spätherbst fuhren die jungen Burschen auf die Nachbarinsel, um auf Brautschau zu gehen. Denn bei ihnen daheim war die eine Hälfte der heiratsfähigen Jungfrauen mit ihnen verwandt und die andere bereits versprochen. Ich fand das alles schrecklich und sehr unromantisch damals, kam mir vor wie ein Stück Vieh, das für die Zucht begutachtet wird. Auch Wilhelm fand es merkwürdig, und er war eigentlich nur mitgekommen, weil er von allen Insulanern am besten segeln konnte. Ja, und ausgerechnet wir beide, die wir gar kein Interesse an diesem Zirkus hatten, verliebten uns ineinander, und zwar gleich am ersten Abend.»

Janette griff nach Finjas Hand und hielt sie fest. Wie kann man bei diesen Temperaturen bloß so wunderbar warme Hände haben?, dachte Finja. Dabei trug die alte Frau noch nicht einmal Handschuhe.

«Wilhelm war ganz anders als die anderen Burschen von der Nachbarinsel», fuhr Janette fort. «Er trank nicht so viel, tanzte nicht so stürmisch, redete nicht so laut. Und trotzdem schien alles, was er tat, wesentlich gewichtiger zu sein. Was er sagte, wurde gehört, sein Wort hatte Bestand. Und als er mich fragte, ob ich für immer die Frau an seiner Seite sein wolle, gab es nur eine Antwort für mich. Ich wusste, wir würden bis an unser Lebensende glücklich miteinander sein.»

Ja, das hatte Finja auch gedacht, als Marcus ihr den Verlobungsring über den Finger streifte. Hätte es damals einen Knopf gegeben, mit dem man die Zeit anhalten konnte, wäre die Liebe in ihrer Ehe wohl auch nicht abhandengekommen. Vielleicht war das Janettes Geheimnis: Sie konnte an ihrem Jawort festhalten, weil das Leben nicht dazwischengekommen war. Weil Wilhelm all die Jahre ein romantischer, ernsthafter, liebevoller Mann bleiben konnte, statt irgendwann das Interesse an der Liebe zu verlieren. Weil er den Anrufbeantworter nicht abschaltete, um nichts von seiner Frau hören zu müssen. Es war zynisch, so etwas zu denken, fand Finja. Und sie hütete sich davor, nur einen Teil dieser Grübeleien auszusprechen. Aber es machte sie wütend, wie Janette mit der unumstößlichen Weisheit einer alten Frau über die Liebe sprach und dabei nur die Schokoladenseite gekostet, den bitteren Nachgeschmack aber verdrängt hatte.

«Wilhelm wollte bei meinem Vater um meine Hand anhalten, Weihnachten sollte die Verlobung sein. Deswegen war es ihm so wichtig, in jener Nacht zu mir zu kommen. Er hätte das Risiko nicht eingehen dürfen, der Wellengang war mit dem heutigen vergleichbar. Aber wir besaßen damals noch kein Telefon, und es gab keine Möglichkeit, ihn zu erreichen. Wir hätten uns auch an jedem anderen Tag des Jahres verloben können, es kam nicht darauf an. Ich wäre in der Zwischenzeit bestimmt nicht weggerannt. All das hätte ich ihm gerne gesagt. Vielleicht hätten meine Einwände aber ohnehin nichts gebracht. Wilhelm war da sehr eigen. Wenn er etwas wollte, konnte ihn niemand davon abhalten. Kein Orkan und erst recht keine Frau.»

«Sind Sie ihm böse, weil er nicht vorsichtiger gewesen ist?», fragte Finja so zaghaft, dass die lärmenden Wellen gleich über ihre Worte hereinbrachen.

«Wie meinen Sie das?»

«Nun ... Wäre er nicht so stur bei seinem Vorhaben geblieben, Weihnachten um Ihre Hand anzuhalten, dann wäre er nicht ... na ja, Sie wissen schon, dann wäre er bei Ihnen angekommen.»

Janette schwieg eine ganze Weile. Inzwischen standen sie bis zu den Knöcheln im Wasser, doch das störte die beiden Frauen nicht. Auch Finjas Angst vor dem Sturm war verschwunden, da konnte der Wind noch so laut toben. Obwohl es allmählich den Anschein machte, dass Wind und Wellen sich beruhigten. Am Horizont riss die Wolkendecke sogar einen Spalt auf.

«Wilhelm wird bei mir ankommen, Sie werden sehen. Er braucht eben nur ein bisschen länger.»

Finja beließ es dabei. Es hatte keinen Zweck, Janette belehren zu wollen. Warum auch? Sollte sie doch ihren Glauben daran behalten, schließlich schadete sie niemandem damit. Und hatte diese absolute Sicherheit nicht auch etwas Tröstliches?

Schweigend standen sie nebeneinander, immer noch Hand in Hand. Tatsächlich machte das Meer langsam einen Rückzieher, leckte nur noch ab und zu an ihren Sohlen und kräuselte sich, wenn die schwächer werdenden Böen das Wasser streichelten. Die Möwen kamen zurück, als wollten sie nachschauen, ob die beiden Frauen alles gut überstanden hatten.

Finja starrte aufs Meer. Direkt unter dem größer werdenden Loch in der Wolkendecke, durch das nun etwas aschfahles Mondlicht schien, war plötzlich ein dunkler Punkt zu erkennen, der am Horizont auf und nieder schwankte. Finja beobachtete das Schauspiel, ohne weiter darüber nachzudenken, was es sein könnte. Ein Brett oder eine alte Seetonne oder ... vielleicht ein Boot? Nein, das war unmöglich.

Sie wischte sich die letzten Regentropfen aus dem Gesicht. Ihre Atmung ging wieder ruhig, seit der Wind ihr nicht mehr eine Überdosis Luft entgegenschlug. Einfach da stehen, die Lungen füllen mit salziger Kälte, das fühlte sich wunderbar an. Ob Janette diesen Moment genauso genoss? Finja blickte zur Seite. Das Gesicht der alten Frau war unbewegt Richtung Meer gewandt. Sie trug ein kluges, warmes Lächeln auf den Lippen, und an ihren Wimpern konnte Finja trotz der Dunkelheit kleine Sandkörner hängen sehen. Plötzlich hob Janette den Arm und winkte. «Da, sehen Sie?»

Finja folgte ihrem Blick. Tatsächlich, der dunkle Punkt war inzwischen so nah gekommen, dass sich die Konturen eines kleinen Segelbootes erkennen ließen. «Was ist das?», fragte sie ungläubig.

Isern Hinnerk
Wesselburener Lo
BLAUORT-SA
Blauortsand-Rinne
TERTIUS-SAND
Tertius-Bk.
Süderpiep-Grund
Ubr.Grp.(4)
f.gr.Sd.

Wie ein ungeduldiges Mädchen hüpfte Janette ein paarmal auf und ab. Ihr Winken wurde energischer, sie jauchzte kurz auf. «Wilhelm!»

Quatsch, wollte Finja erwidern, doch sie brachte ihren Protest nicht über die Lippen, denn in der kleinen Jolle schien tatsächlich ein Mann zu sitzen, ein junger Mann. Und er winkte zurück. «Das kann nicht sein», flüsterte sie.

Die Hand, die eben noch ihre Finger so festgehalten hatte, löste den Griff. Finja konnte nicht verhindern, dass Janette loslief, geradewegs auf das Wasser und auf diese seltsame Erscheinung zu. Ohne zu zögern, setzte sie einen Schritt vor den anderen, während das Wasser zunächst ihre Füße umspielte und schließlich die Beine verschluckte. «Da bist du ja endlich!»

Im Boot erhob sich ein großer Mann und holte die Segel ein. Anschließend breitete er seine Arme aus, lachte laut und rief Janettes Namen. Das Geräusch, das der Kiel machte, als sein Boot sich in den sandigen Boden schob, war deutlich zu hören.

Finja wusste, sie sollte die alte Frau davon abhalten, noch weiter ins Meer zu gehen. Was, wenn das alles ein Hirngespinst war? Eine Wunschvorstellung, die von Janettes Phantasie bereits in ihren eigenen Kopf übergesprungen war? Manchmal sahen Menschen, was sie gerne sehen wollten. Und natürlich wünschte Finja sich, dass Janette ihren Liebsten wiedersehen durfte. Aber konnten Gefühle wirklich Trugbilder in einer solchen Qualität zustande bringen?

Finja starrte fasziniert aufs Wasser. Nein, dass Wilhelm seine Verlobte gerade ins Boot hob, war keine Halluzination. Sie hielten sich fest umschlungen, ein junger Mann und eine alte Frau, kein Zweifel, genau das passierte jetzt gerade keine zwanzig Meter vom Strand entfernt.

«Janette?», rief Finja. «Willst du nicht wieder zurückkommen?»

Das Paar löste sich kurz voneinander und drehte sich um. Beide lachten ihr zu, hoben die Hände zum Gruß, doch sie antworteten nicht mehr. Stattdessen zogen sie die Segel wieder hoch, bis der Wind sich darin fing, brachten das Ruder am Heck in die richtige Stellung und setzten sich schließlich auf die kleine Holzbank in der Mitte des Rumpfes. Langsam nahm das Boot Fahrt auf, drehte ab und fuhr aufs offene Meer hinaus.

Erst jetzt bemerkte Finja, wie ruhig die Nordsee geworden war. Lediglich ein paar kleine, regelmäßige Wellenhügel wölbten die Oberfläche. Auch der Mond war nun ganz zu sehen, befreit von den Sturmwolken stand er am Himmel, als sei nichts geschehen in dieser Nacht.

Die Jolle entfernte sich immer weiter vom Ufer. Keiner der beiden Passagiere drehte sich noch einmal um. Sie begegneten dem Meer, lautlos und schnell, den Blick nach vorn gerichtet.

Finja glaubte, den Sand nie wieder aus ihren Haaren zu bekommen, aus ihren Augen, ihren Zehenzwischenräumen. Obwohl sie noch in der Nacht lange und heiß geduscht hatte, fand sie an diesem Morgen unzählige winzige Körnchen auf dem Kopfkissen, weiß und grau, beige und schwarz. Was genau hatte sie eigentlich geweckt? Sie schaute auf den Radiowecker. Es war noch sehr früh, und weder im Haus noch auf der Straße war irgendein Geräusch zu hören, doch sie fühlte sich hellwach.

Mit einem Schwung setzte Finja sich auf die Bettkante. Seltsam, trotz der Erlebnisse der letzten Nacht war sie bester Stimmung. Oder hatte sie sich alles nur eingebildet? So wie früher die phantastischen Geschichten in ihren Schulaufsätzen stets damit endeten, dass die Heldin erwachte und feststellen musste, alles nur geträumt zu haben. Auf diese Weise hatte sie sich damals geschickt darum gewunden, eine plausible Auflösung liefern zu

SAND
rot
weiß
Tertius-Bk.
Z-S.
Blk.w.&r. 10/6 sm
N/J
Wk
gn.
Unr.
M
L
f.gr.Sd.
Pgl.ztws.
f.gr.Sc

müssen, denn schließlich wollten die Menschen doch immer eine logische Erklärung für alles haben, oder nicht?

Jetzt, bei Tageslicht, erschien ihr die Szene am Strand vollkommen unrealistisch. Das Boot, das aus dem Nichts gekommen war. Die Leichtfüßigkeit, mit der eine fast Achtzigjährige dem Segler entgegengerannt und an Bord geklettert war. Und dann dieser plötzliche Frieden auf dem Meer ... Ein Traum? Bestimmt.

Bloß dieser Sand auf ihrem Kissen ließ sich einfach nicht erklären.

Finja erhob sich und schob die Gardinen zur Seite. Hinter dem Deich, von dem zwischen zwei Häuserdächern ein Stück zu erkennen war, dämmerte der Morgen. Der Himmel war hellbraun bis rötlich, und Wolken hingen in feinen Streifen daran wie zerrissene Watte. Was für ein wunderbarer Tagesbeginn! Jetzt müsste Marcus hier sein, dachte Finja, dann könnten sie gemeinsam dem Sonnenaufgang entgegenlaufen.

Ein dämlicher Gedanke! Wollte sie sich damit die gute Laune selbst verderben? Da war doch die Sache mit dem vergeblichen Anruf ... Aber heute stellten sich weder Gereiztheit noch Wehmut bei Finja ein. Es war, als heile der friedliche Weihnachtsmorgen die Wunden vom Vortag.

Plötzlich vernahm sie das Geräusch eines Autos. Motoren waren auf der Insel kein Hintergrundgeräusch, sondern etwas Exotisches und somit unüberhörbar. Eilig fuhr der Wagen die Straße entlang. Finja wusste, Kraftfahrzeuge waren hier nur der Feuerwehr, den Sanitätern und dem Inselarzt gestattet. Das dort musste der Allgemeinmediziner auf dem Weg zu einem frühen Einsatz sein. Finja verfolgte seine Fahrt mit den Augen. Gleich hinter der *Villa Seemannsbraut* bog er zum Strand ab, wo nicht mehr viele Häuser standen. Dort wohnte eigentlich nur noch Janette.

Schnell zog sie sich Jeans und Pullover über und band das Haar zu einem Zopf zusammen. Dann warf sie die Jacke über die Schultern und verließ ihre Ferienwohnung.

Dierksen stand unten am Treppengeländer, Finja hätte ihn fast überrannt. «Heute sind Sie aber früh auf!», lobte er. «Warum die Hektik?»

Finja beugte sich zu ihren Stiefeln, die in der Veranda neben der Haustür standen. Sie waren noch feucht und mit einer salzigen Kruste überzogen. «Gerade ist der Arzt vorbeigefahren. Da wollte ich gucken, ob ...»

«Der will vielleicht zu Janette», mutmaßte Dierksen. «Ich war gerade am Strand, weil ich sehen wollte, ob der Sturm gestern noch was von unserer Insel übrig gelassen hat. Als ich zurückkam, ist die Pastorin aus dem Haus gekommen. Und sie sah ein bisschen besorgt aus, hatte ich den Eindruck.»

«Haben Sie gefragt, was da los ist?» Finja stieg in das klamme Schuhwerk.

Dierksen zuckte mit den Schultern. «Die Pastorin hat gerade mit dem Handy telefoniert, da wollte ich nicht stören. Außerdem kommt sie ja oft am Morgen vorbei und guckt bei der alten Geiken nach dem Rechten. Vielleicht geht es Janette heute nicht so gut, soll in ihrem Alter ja mal vorkommen.»

Aber das kann nicht sein, wollte Finja erwidern, Janette ist gar nicht da. Sie ist heute Nacht mit ihrem Verlobten davongesegelt. Doch dann fiel ihr auf, wie hanebüchen das klang und dass sie

sich ja selbst nicht ganz sicher war, ob ihr die Erinnerung da nicht was vorgaukelte. «Ich werde mal nachsehen.»

«Tun Sie das», meinte Dierksen und schaute ihr etwas verwundert hinterher. «Ich hoffe, es ist alles in Ordnung.»

Inzwischen war die Sonne aufgegangen, ihr tiefstehendes Licht, hell wie ein Scheinwerfer. Die Straßenlaternen und Heckenrosensträucher warfen lange Schatten. Ohne den Wind wirkte die Insel wie die Kulisse eines Stummfilmes.

Der Kleinwagen des Arztes parkte neben dem Holzzaun, keine zehn Schritte weiter stand die Pastorin an die Wand des kleinen Häuschens gelehnt und rauchte eine Zigarette. Sie erkannte Finja auf Anhieb und nickte ihr ernst zu.

«Ist etwas passiert?», fragte Finja, nachdem sie durch das kleine Gartentor getreten war.

In diesem Moment duckte sich der Arzt durch die niedrige Haustür und reichte der Pastorin die Hand. Dann fiel sein skeptischer Blick auf Finja.

«Ich denke, das geht in Ordnung», erklärte die Pastorin schnell. «Sie ist so etwas wie eine Freundin von Frau Geiken.»

Finja hatte keine Ahnung, warum sie als Freundin bezeichnet wurde, doch es fühlte sich nicht wirklich verkehrt an, stimmte vielleicht sogar. Der Mediziner gab nun auch ihr die Hand. «Mein Beileid.»

«Was ist …? Wo ist …?» Finja begriff nur allmählich.

Die Pastorin legte ihr sanft eine Hand auf den Arm. «Als ich heute Morgen meinen üblichen Besuch machen wollte, fand ich Janette in ihrem Bett –»

«Sie muss heute Nacht ganz friedlich eingeschlafen sein», ergänzte der Arzt.

Nein, sie ist fortgefahren, wollte Finja erwidern. Sie hatte es doch mit eigenen Augen gesehen. An Wilhelms Seite war Janette auf das Meer hinaus ... Wie konnte sie dann tot in ihrem Bett liegen?

«Geht es Ihnen nicht gut?», sorgte sich die Pastorin und löschte die Zigarette im Sand. «Wollen wir hineingehen?»

Finja schaffte ein Nicken und folgte ihr mechanisch in das Haus. Die Schlafkammer lag rechts vom Eingang, die Zimmertür stand offen und gab den Blick auf das Bett frei, das an der gegenüberliegenden Seite aufgestellt war. Janette lag wie aufgebahrt unter ihrer Bettdecke, die Augen geschlossen, die Locken auf dem Kissen verteilt. Sie wirkte friedlich und aufgeräumt, als hätten weder Nässe noch Sand ihr etwas anhaben können. Auch die Stiefel im Hausflur sahen nicht danach aus, dass jemand in ihnen gestern noch durch den Sturm gelaufen wäre.

«Sie macht einen zufriedenen Eindruck», stellte die Pastorin fest, trat in das Schlafzimmer und sprach ein kurzes Gebet am Bett der Verstorbenen.

Ja, das stimmt, dachte Finja, die alte Frau wirkte, als hätte das Warten sich endlich gelohnt. Und sie beschloss in diesem Moment, ihre Begegnung vom Vorabend für sich zu behalten. Und zwar für immer.

Der Mann bei den Garagen hatte recht gehabt: Am 28.12. wurde die Insel tatsächlich proppevoll.

Finja stand am Deich und beobachtete die vielen Menschen, die über die schmale Gangway das Schiff verließen. Darunter waren zahlreiche Familien mit Kindern, einige schleppten schon Tüten mit Silvesterknallern. Es würden noch zwei weitere Fähren kommen, hatte Dierksen ihr verraten. Dann wäre es aus und vorbei mit den besinnlichen Tagen. Hochbetrieb im Inselwinter. Keine einsamen Strandspaziergänge mehr.

Aber davon hatte Finja ohnehin erst mal genug. Die letzten beiden Tage hatte sie nahezu verschlafen. Ihr Schlaf war so tief und fest, als gelte es, das Ruhebedürfnis des vergangenen Jahres aufzuholen. Gestern hatte die Pastorin sie dann zu sich eingeladen. Bei einem Glas Rotwein hatten sie über Janette gesprochen wie über eine gemeinsame Freundin. Und obwohl es bei dem Gespräch eigentlich nur um die Verstorbene gegangen war, um ihr Leben, um ihre Milchkannen und das Haus in den Dünen, hatte es Finja auf eine Idee gebracht. Eine wunderbare Idee! Seitdem war sie wieder hellwach und voller Tatendrang. Sie hatte sogar einen wichtigen Termin in den kleinen Wandkalender eingetragen: Am ersten Montag im neuen Jahr würde sie ihren Steuerberater anrufen, er sollte ihr helfen, die Idee zu verwirklichen.

Das Lachen der Ankommenden schallte bis ins Dorf und füllte selbst die versandeten Häuserecken mit Vorfreude. Es störte Finja nicht, wenn nun Leben auf das Eiland kam. Es passte zu ihrer eigenen Stimmung. Sie beobachtete, wie ein verliebtes Paar sich das Fahrrad teilte. Die Frau zwängte sich auf die Stange zwischen Lenker und Sattel, der Mann küsste ihren Nacken, während er in die Pedalen trat. Auf einer Bank saßen drei Frauen und öffneten eine Flasche Sekt. Sicher stießen sie mit ihren Plastikgläschen auf ein paar schöne Tage an. Auf dass das Wetter so phänomenal bliebe. Wahnsinn, dieser blaue Himmel!

«Finja?» Plötzlich vernahm sie hinter sich eine bekannte Stimme. Aber das bildete sie sich nur ein, das war mal wieder Wunschdenken, woher sollte er denn wissen, dass ...?

«Finja!»

Sanft fasste Marcus sie an den Schultern und drehte sie zu sich herum.

«Was ... was machst du denn hier?», brachte sie stotternd hervor. Wieso war er auf der Insel? Das war unlogisch, er hatte schließlich keine Ahnung, wohin sie gefahren war. Außerdem wollte er doch nichts mehr von ihr wissen, sonst hätte er doch nicht ...

Marcus küsste sie auf den Mund, so lang, bis sie begriff, dass er tatsächlich vor ihr auf dem Deich stand.

«Woher weißt du ...?»

Er grinste und zog etwas aus der Jackentasche.

«Mein Handy?»

«Du hattest es im Auto liegenlassen.»

«Das weiß ich. Aber wie bist du darangekommen?»

«Der Sohn vom Garagenvermieter macht wohl öfter eine kleine Runde von Auto zu Auto, um nach dem Rechten zu sehen. Und immer wenn er an deinem Wagen vorbeikam, hat es darin geklingelt.» Es fühlte sich gut an, als er seinen Arm um sie legte, so schön vertraut und selbstverständlich.

«Das warst du?»

«Die Wahrscheinlichkeit ist zumindest ziemlich groß, denn ich habe am Tag ungefähr hundertmal versucht, dich zu erreichen.» Es lag kein Vorwurf in seiner Stimme, kein bisschen Ironie oder sonst etwas, das seine Worte abgewertet hätte. Er meinte es ernst, er hatte sich nach ihr gesehnt. «Der Junge war entweder besonders aufmerksam oder besonders neugierig, jedenfalls hat er sich irgendwann die Nummer auf dem Display notiert und mich zurückgerufen. Er meinte, da müsse wohl jemand ganz, ganz dringend diese Frau mit dem schicken Sportwagen sprechen.» Marcus drückte sie kurz und zärtlich an sich. «Ich habe dem Blondschopf aus lauter Dankbarkeit ein sehr üppiges Trinkgeld gegeben, als ich heute Mittag mein Auto dort abgestellt habe. Und ich habe mir erlaubt, mit dem Zweitschlüssel deinen Wagen zu öffnen, um das Handy mitzubringen.»

Die Welt hatte sie also wieder, dachte Finja, empfand das aber als absolut in Ordnung. «Ich habe am ersten Weihnachtstag von einer Telefonzelle aus versucht, dich zu erreichen, aber der Anrufbeantworter war ausgestellt.»

«Nein, nicht ausgestellt, der war einfach voll. Ich habe Gott und die Welt angerufen und gefragt, ob jemand weiß, wo du stecken könntest. Und all die lieben Freunde und Verwandten haben sich zurückgemeldet und sich nach dir erkundigt. Da war die Speicherkapazität irgendwann überfordert, und das Ding hat seinen Dienst quittiert.»

Finja fiel ein Stein vom Herzen. Ein Stein, von dem sie gar nicht gewusst hatte, dass er ihr seit dem missglückten Anruf aus der Telefonzelle das Leben schwergemacht hatte. «Und jetzt bist du hier.»

«Das hast du nicht erwartet, stimmt's?» Marcus versuchte, locker und fröhlich zu sein. Mit bemüht leichtem Schritt lief er neben ihr her und grinste sein charmantes Jungenlächeln, das schon seit Ewigkeiten nicht mehr zu seinem Repertoire gehört hatte. Doch Finja spürte seine Angst, es zu vermasseln. Er zog alle Register, damit nicht auffiel, wie sehr es ihn getroffen hatte, verlassen worden zu sein.

Sie könnte ihn jetzt darauf ansprechen, ein klärendes Gespräch beginnen, die Riesenmenge Probleme wälzen, die zwischen ihnen standen. Doch Finja wusste, dafür würde auch später noch Zeit bleiben. Denn eigentlich gab es ja nichts, was sich nicht bewältigen ließe, das würde Marcus auch bald erkennen. Sein Platz in ihrem Leben war noch nie so sicher und endgültig gewesen wie jetzt.

«Wohin gehen wir eigentlich?», fragte Marcus, als sie schon

an der *Villa Seemannsbraut* vorbeigegangen waren. Dierksen, der auf neue Gäste wartete, hatte vor der Veranda gestanden, kurz gegrüßt und interessiert die Augenbrauen hochgezogen, als er seinen einsamen Weihnachtsgast in männlicher Begleitung auf sich zukommen sah.

«Richtung Strand. Ich will dir etwas zeigen.»

«Finja, ich muss mit dir reden ...»

Sie schüttelte den Kopf und legte ihren Finger an die Lippen. Nein, jetzt war nicht der Zeitpunkt, über Vergangenes zu grübeln. Jetzt ging es um die Zukunft, um das neue Jahr, das in den freien Kästchen des Kalenders wartete.

Vor Janettes kleinem Haus blieben sie stehen. Winzige, weiche Mooskissen lagen auf dem Reetdach. Das Gartentor quietschte, als sie es öffnete. Ein Windspiel musizierte im knorrigen Baum.

«Wie findest du es?», fragte Finja.

«Sehr hübsch. Ein bisschen heruntergekommen vielleicht ...»

«Das könnte Herr Dierksen bis Mai reparieren.»

«Herr Dierksen?»

«Mein Vermieter. Er sagt, die Bausubstanz ist hervorragend, alles andere sind nur kleine Schönheitsfehler.»

Marcus blickte vom Haus zu seiner Frau und wieder zurück. «Was erzählst du mir da eigentlich?»

«Es steht zum Verkauf.»

«Du willst hier hinziehen? Auf eine Insel?» Jetzt war die Angst offensichtlich. «Wie willst du das mit deinem Job unter einen Hut bringen?»

Finja holte den Schlüssel aus der Manteltasche und öffnete die Tür. Drinnen roch es nach Farbe, nach Tee und nach einem Weihnachtsabend, der unvergessen bleiben würde. «Es wird unser Zuhause, wenn wir eine Auszeit brauchen. So wie es in letzter Zeit zwischen uns war, kann es nicht weitergehen, Marcus. Ich werde mit der Chefredakteurin sprechen. Vielleicht

Mißw. 1965 – 3,5° (W
Jährl. Änd. +0,05°(O)
f.gr.Sd.M.
Süder-Piep
f.gr.Sd.Sk.
300
270
240
210
180

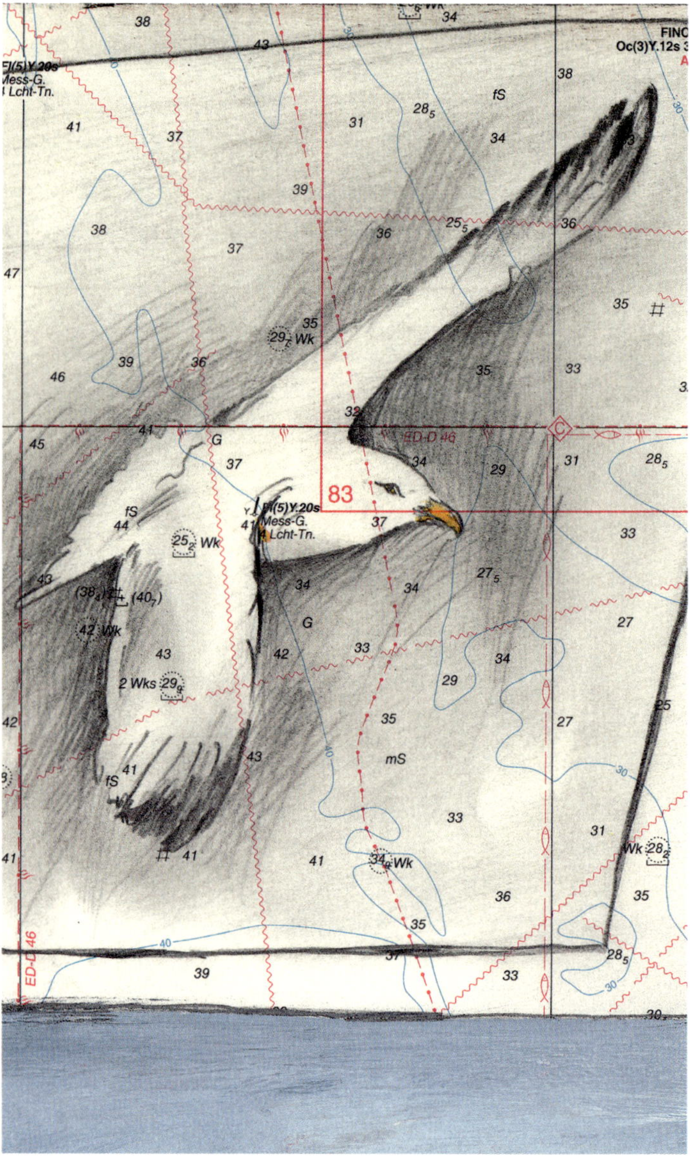

Oc(3)Y.12s
Fl(5)Y.20s
Mess-G.
4 Lcht-Tn.
83
ED-D 46

bieten sie mir auch einen Job als freie Mitarbeiterin, dann bin ich flexibel.»

Als sie in den Wohnraum traten, in dem es zwar kalt, aber immer noch gemütlich war, stand Marcus der Mund offen. «Aber du hast dich immer beschwert, dass wir so wenig Zeit miteinander verbringen. Wenn du hier lebst, sehen wir uns doch überhaupt nicht mehr.»

«Warte doch erst mal ab», entgegnete Finja ruhig, dann legte sie drei Holzscheite in den Kamin und begann, ein Feuer zu entzünden. «Vielleicht ist das gar nicht so dramatisch. Vielleicht habe ich mich einfach geirrt, und die Liebe hat mit Zeit und Raum im Grunde gar nicht so viel zu tun.»

Marcus hockte sich neben sie und reichte ihr den Feuerhaken. «Wie kommst du denn zu der Erkenntnis?»

Finja dachte an Janette. An Wilhelm. An die vielen Jahre, die zwischen den beiden lagen, und an die Nacht, in der sie gemeinsam davongesegelt waren. Dann küsste sie Marcus, lächelte und sagte: «Einfach so!»

Sandra Lüpkes, geboren 1971, aufgewachsen auf der Nordseeinsel Juist, lebt in Münster, wo sie als Autorin und Sängerin arbeitet. Im Rowohlt Verlag sind bislang acht Kriminalromane von ihr erschienen, sechs davon um ihre tatkräftige Kommissarin Wencke Tydmers. Nach «Die Inselvogtin» (rororo 24617), ihrem ersten historischen Roman, spielt auch diese Weihnachtsgeschichte wieder an der Nordseeküste.

«Sandra Lüpkes kann es – und sie kann es gut!» (Caren Miosga, NDR Fernsehen)

«Typisch für Lüpkes sind sinnesgewaltige Beschreibungen, so plastisch, dass man gleich mitten im Geschehen ist.» (Westdeutsche Allgemeine)

Mehr zur Autorin und zu ihrer Arbeit unter: www.sandraluepkes.de

Ole West, geboren 1953 in Wedel, studierte Malerei und Buchillustration an der Fachhochschule für Gestaltung in Hamburg. Seit 1982 arbeitet er als freier Maler und Zeichner. Von 1984 bis 2010 wohnte er auf der Nordseeinsel Norderney, wo seine kreative Mischtechnik auf Seekarten entstand. Heute lebt und arbeitet Ole West zusammen mit seiner Frau in Wedel an der Elbe.

Mehr zu seinen Arbeiten unter: www.olewest.de

MIX
Papier aus verantwortungsvollen Quellen
FSC® C083411
www.fsc.org

Das für dieses Buch verwendete Papier ist FSC®-zertifiziert.

96 (INT 1420)
WESTEREMS